마법의 샤프

청소년시집 03

마법의 샤프

인쇄 · 2020년 3월 27일 | 발행 · 2020년 3월 31일

지은이 · 김이삭
펴낸이 · 한봉숙
펴낸곳 · 푸른사상사

주간 · 맹문재 | 편집 · 지순이, 김수란 | 마케팅 · 김두천
등록 · 1999년 7월 8일 제2-2876호
주소 · 경기도 파주시 회동길(서패동) 337-16
대표전화 · 031) 955-9111(2) | 팩시밀리 · 031) 955-9114
이메일 · prun21c@hanmail.net
홈페이지 · http://www.prun21c.com

ISBN 979-11-308-1648-7   43810

값 11,000원

마법의 샤프

김이삭 시집

 푸른사상
PRUNSASANG

이 지구 푸른 별로 한 아이가 툭, 떨어졌다. 그 아이는 거제도에서 배를 타고 10분 정도 더 들어가야 보이는 '칠천도'라는 아름다운 섬으로 여행을 왔다.

아기 때는 토실토실 하도 예뻐 동네 어르신들이 얼굴 한 번 보기 위해 줄을 섰다고 한다. 자라면서 엉뚱한 일을 잘 벌이기로 유명했다. 쥐불놀이하다 산불을 두 번이나 낸 전과가 있을 만큼 개구쟁이였다.

초등학교 때에는 책을 읽고 각색하기를 좋아해서 친구들을 우르르 몰고 다녔다. 중·고등학생 시절에는 '조용한 아이'로 통했다. 내가 보이지 않으면 친구들은 '아, 구석에서 책을 보고 있겠지?' 생각했다.

그때 즐겨 읽었던 책은 헤밍웨이 작품과 셰익스피어의 『소네트』, 4대 비극인 『햄릿』 『오셀로』 『리어 왕』 『맥베스』와 5대 희극인 『한여름 밤의 꿈』 『십이야』 『베니스의 상인』 『말괄량이 길들이기』 『헛소동』 등이었고, 하이틴 로맨스도 좋아했다.

방학 때면 언니, 동생들과 만화책을 세 자루 정도 빌려와 '방콕'을 하며 지냈다. 『베르사유의 장미』에 나오는 오스칼을 좋아했고, 이현세, 박봉성 작가의 기업 만화도 좋아했다.

지금은 영화를 즐겨 보고 있으며, 중국 사극 드라마 시리즈물도 빼 놓지 않고 볼 만큼 좋아한다. 하루하루 바쁜 가운데 짬을 내어 카페에 가서 글을 쓰려고 노력하고 있다. 교회 학교에서 중·고등부 부장 교사로 아이들을 섬기며 행복한 시간을 보내고 있다.

오랫동안 쌓아 두었던 첫 청소년 시집을 내게 되어 무척이나 기쁘다. 부족한 글을 응원해 주신 푸른사상사 편집부에 감사 드리며 주님께 영광을 올린다.

2020년 봄
김이삭

■시인의 말 4

제1부 수학 꽃이 피었습니다

제2부 도넛 학교

제3부 소녀 시대

제4부 잔소리하는 책

제5부 분꽃 수류탄

수학 꽃이 피었습니다

해당화

애들아,
가 보지 않을래?
바다 건너 어떤 협곡이 있는지.
우린
파도의 마음을 읽어 내는 것이 중요해.
아직
끝나지 않았어.
다시 시작해 보는 거야.

수학 꽃이 피었습니다

영산홍이
교환 법칙으로 핀다.

영산홍 + 영산홍 = 영산홍
영산홍 × 영산홍 = 영산홍

봄바람이 수학 문제를 푼다.

내 성적은 자꾸만 법칙을 벗어나고

중간고사 × 기말고사 = 엄마 얼굴
중간고사 + 기말고사 = 아빠 회식

여드름 + 여드름 = 내 얼굴

눈치 없이
여드름이 배분 법칙으로 핀다.

꽃신

오른발
왼발

'평생 꽃길만 걷기를'

둘은
사이좋게
집을 나섭니다.

비탈길 흙탕길 눈길 빗길……

같이 웃고
같이 울고
같이 걸어가겠지요.

사춘기

운행이 중단된 통학선에 겨울 물메기처럼 누워 있던
우리 학교 일진을 발견한 것은 갈매기 1호 김 선장이었다.
그도 술에 취해 있었으므로
미처 일진을 발견할 수 없었다.
처음 갈매기 1호 김 선장이 그의 곁에 잠들고
며칠이 지나자 까마귀들의 집단 폐사가
섬마을에 공개되었다.
기자들 한 번 오지 않던 마을은
사이비 종교 집회장처럼 소란스러워졌다.
며칠 동안 섬마을은 봉쇄되었다.
갈대들은 마른 가지를 흔들며 소문을 퍼뜨렸다.
베트남에서 온 엄마가 떠나 그렇게 되었다.
아니 폭력 조직 때문이다.
우리들 호기심과 아픔을 자극하던 헤드라인은
겨울을 버티는 특효약이었다.
그렇게 겨울은 지나가고 있었다.
겨울, 길어야 백 일이었다.

토정비결 보듯 눈 몇 번 보고
매서운 바람 몇 번 맞아야
살맛 나게 말라 가는 물메기처럼
모두들 그렇게 버티고 있었다.

민들레

해를 향해
노랑노랑 걸었던
꽃

해거름 되자
피곤했는지

노랑노랑 꽃신 벗고
콜콜 자네.

유자나무 풀피리

기억을 주워 담던 엄마는 숲이 되었다.
섬마을 에워싼 유자나무 숲에서 놀던
눈이 맑은 새끼 제비 남쪽으로 떠났다.

엄마와 나는
초록빛 나무 그늘 아래서 웃음을 풀었다.
소쿠리 가득 노란 유자를 따던 엄마는
점점 거친 유자 껍질처럼 변해 갔다.

세상에 거칠게 부대껴야만 진정한 향을 가질 수 있다.
바다의 서러운 소금기를 받아야
눈부신 노란빛을 가질 수 있다.

멀리서 둥지를 찾아
맑은 눈을 가진 제비들이 날아온다.
나는 유자나무 숲 그늘 아래 앉아
엄마와 함께 불던 유자 나뭇잎 풀피리를 분다.
포르르 가을이 유자나무 숲 아래로 뛰어든다.

임시방편

토란은
빗소리 듣는 법을 배웠다.

최대한
넓게 잎을 펼쳐
빗방울 굴리는 법을 배웠다.

우리는
갑자기 소나기를 만나면
토란 우산 쓰는 법을 배웠다.

엄마는
토란과 나를
요리하는 법을 배웠다.

담탱이 스타일

달달달 외워서 쓰는
관념체 스타일

숙였다 들었다 생각하다 쓰는
명언체 스타일

짜잔 첫사랑 얘기
우리 마음에 쓰는
우주별체 스타일

전주비빔밥

쪽지가 배달되었다.

To.

도라지

고사리

시금치

당근

참기름

오늘 뭉치자, 전주 밥집에서!

from. 고추장

추신 : 참, 계란은 오늘도 늦는데.

고3

사내 자식이 하고 다니는 꼴은…….
여보, 그만해.
쟤 고3인 것 잊었어?

사고 안 치고
학교 다니는 것
축복인 줄 알아.

작년 하늘나라
이민 간
1004호 아이
생각 안 나?
우리 그만하자.

자는 척했다.

미역을 읽다

미역을 먹고
새롭게 태어나고 싶었다, 나는

물에 잠기면 굳은 물살 근육 풀어
마음 열고 흔들리는 미역처럼
씻기면 씻길수록 기억의 알갱이 묻어 나오는
바다의 비린내를 당당하게
내놓는 삶을 택하고 싶었다.

큰 바다에서 나와
냄비 속을 작은 바다라 믿으며 닳아 가는 얼굴
조금씩 생기를 잃어 가지만
매끄러운 속살을 자랑하는
아무도 뿌리 놓쳐 버린 네 슬픔 모르겠지?

바람 갑옷을 입은 네 굳은 몸이
한 그릇 미역국으로 남아

몇 그램의 영양분을 주고 간

네 영혼을 닮아

당당한 아이로 태어나고 싶다, 나는

퉁퉁마디*

수업 시간 내내
퉁퉁대던
우리 반 함초

교실 밖으로 나와서야
연둣빛 미소 짓는다.

너나 나나 노는 DNA가
왕성한 유전자를 가졌다.

우리
떡볶이 먹고
영화 한 프로 땡길까?

* 퉁퉁마디 : 바닷가 소금기 있는 땅에 자라는 한해살이풀. '함초'라고
  도 한다.

탕수육

중국집 네 명쯤
뭉쳐서 가야
시킬 수 있는
너

조직이 필요해.

탕!
마지막 남은 탕수육
수육!
친구 입으로 들어갔다.
아깝다!

조직의 쓴 맛을 느낀다.

제2부

도넛 학교

도넛 학교

똑같은 구름을 찍어 내고 있다.
난 좀비가 되기 싫다.

봄날은 간다

참새 부대
셀카를 찍고 있다.

— 인자 우리에게 꽃구경 얼마나 남았긋노.

벗나무 아래 서로 바라보는
참새들

치릭치릭
다가오는
　　　　　중
　　　　　　간
　　　　　　　고
　　　　　　　　사

잠시 접어 두고
셀카 부대 속으로 나도 들어간다.

찰칵찰칵

사진에 담긴
박제된 우리들의 시간.

맛으로 통일

김정은 위원장
30분 늦은 시계
당기는 뉴스를 보고

우리 학교
오늘 점심

평양냉면이
나왔다.

우리는 먹으면서
벌써 통일했다.

마법의 샤프 1

샤프야, 부탁해!

딱 3분만 눈 붙일게.
알지?

마법의 샤프 2

야자 시간 샤프를 꼭 쥐고
잠이 들었다.

샤프야,
나는 잠을 잘 테니 너는 글을 쓰도록 하여라.

슥슥슥

Time waits for no me.
시간은 나를 기다려 주지 않는다.
Time waits for no me.
시 간
   은
      나 를 기
다 려
   주 지 않 는 다.

김지수,
침 닦아!

깔깔깔
친구들 웃음이 교실 바닥에 깔리고
비몽사몽 잠에서 깨어났다.

내 손에 꼭 쥐여져 있는
고마운 샤프.

마법의 샤프 3

혼자서 밥 먹고
혼자서 공부하던
혼족을 버리고
세상으로 나왔다.
음악은 더 감미로웠고
간식을 먹는 시간, 고르는 메뉴가 많아졌다.
혼족으로 살 때보다
피곤하고 골치 아픈 일들이 생겨났지만
내가 감당할 수 있는 것들이다.
풀어야 할 과제가 쌓이겠지만
골치 아픈 문제가 생기면
서로 머리 맞대어 풀어 가리라.
가끔 혼족을 떠나
지금의 삶을 선택한 것이 어떠냐?
신이 물어보신다면
이 삶도 나름 나쁘지 않다 말할 것이다.
담임은

너희들 의자에 앉은 시간만큼

인생이 달라진다 하지만

의자와 밀착되게 시간을 보냈다고 해서

문제지를 잘 푸는 것은 아니리라.

어떤 친구는 행복했던 지난 시간을 반복적으로 되감고

어떤 친구는 푹신한 침대에 누워 잠의 바다를 유영하고

또 어떤 친구는 앞날의 고민에 갇히어 걱정 블록을 쌓고

있으리라.

우리들에게 지니 같은 마법의 샤프가 있다면

대신 필기하고

대신 시험지 풀고

대신 나의 생각을 정리해 주면 좋겠다.

 ─삐리삐리, 주인님 임무 완수했습니다!

그런 신비한 샤프 한 자루 갖고 싶다.

마약 떡볶이

졸깃졸깃
떡만 골라 먹는
얌탱아.

핀잔 먹는 어묵의 마음도
챙겨라.

호호호
매울 때
쿨피스도 좀 쏘고

이렇게 마냥 좋아하는 것만
골라 먹을 수 없지 않은가.

나를 이겨야
세상을 이길 수 있는 힘
생기지 않을까?

파도 카톡

－우리 교실에 놀러 와.
서먹하던 매암섬이
카톡을 보냈다.

시험 기간이 되면
우린 망망한 대해에
떠 있는 섬이 되었다가

시험이 끝나면
잠시
긴장했던 마음이 무장 해제된다.

견디는 시간

엉켜 있는 동안 우리는
더 이상 풍경이 아니다.

내가 네게로
네가 내게로

경쟁의 뿌리를 내리고
서로의 어깨를 내리기를 바란다.

우린 한 나무에서 왔지만
아프게 아프게 서로를 밀쳐 내야 한다.

더 푸른 입술로
혹독한 입시를 견디어 내고 있다.

파도 성적표

꼭, 오르고야 말 테야!

파, 넘어지고 뛰고
파, 뛰고 넘어지고

깨금발로
모둠발로
두 발로

섬 꼭대기로 오르는
파도의 맨발
하얗다.

순비기꽃

모래밭은 너무 삭막해.

순비기나무
모래 위 기어 다니며
깔깔깔 웃음 꽃방석 깐다.

눈꽃 빙수

사르르
가랑눈같이
그릇에 사뿐히 내려앉은
너

우리 반 혜나 같아.

한 입 뜨니
입속으로
미끄럼 타며
살
살
내려간다.

왠지 오늘은 기분이 UP 된다.

울면

서진이랑 절교한 날
내 마음에 이는
미세기

울면은
절대 안 시킬 거야.

'나쁜 놈, 카톡 보내기만 해 봐라.'
백일 기념 선물 받았던 시계
저수지에 버렸다.

그렇게
우리가 함께 나누었던
시간은 잠수해 버리고
이젠
공부만 할 거다.

소금

세상의 빛이 되라고?
하셨다.

나다운 내가 되기 위해
햇살이 날마다 찾아와 쓰다듬어 주었고
바람비도 찾아와 다독거려 주었지.

내가 견디어 낸
시간
성적 그래프는 상위권으로
UP
되고.

삼각김밥

과음한 아버지는
해장국으로 속 푸시는데

민규랑 진희 손잡고
걸어가는 걸 목격한
난

부글부글
끓어오르는
속
방정식 풀기보다
어렵다.

나쁜 계집애!
친한 친구끼리
어쩜 이럴 수 있나…….

제3부

소녀 시대

김치 학교

총각김치
배추김치
깻잎김치
......
깍두기까지 담그다
파
김
치

된
우리들의 시간이여!
베스트셀러 한 권 볼
시간도 없다.

꿈꾸는 포도

동그라미 그리며
알알이 익어 가는 시간

나는
덜 익은 송이지만
언제나 완벽한 달콤함을 꿈꾸지.

자유롭게
하늘 운동장을
데굴데굴 구르고 싶기도 하고

넝쿨 발로
한 발짝 두 발짝
구름을 따라 날아가고 싶지만
마냥 이렇게 참아야 하는 것일까?

라면의 변론

라면에 떡국떡 몇 개 넣으면
떡라면

라면에 만두 몇 개 넣으면 만두라면

난 언제나
뒤에서 받쳐 주는
조연

언젠가는
나의 주연 시대 오겠지?

깔깔 빼빼로 데이

빼빼로 데이
담임 샘이 빼빼로 하나씩
나누어 주었다.

동식이 지민이 한승이
깔깔깔거리며
손가락에 빼빼로 끼워
담배 피는 시늉을 한다.

깔깔깔, 낄낄

―녀석들, 껄껄
웃던 담임 샘

한 술 더 뜨신다
―한 대 더 피우시겠습니까?

소녀 시대

수인이 누나
또 우리 집에서 잤다

"수인아, 너 아무래도 우리 셋째 딸로 영입해야겠다."

킬킬
엄마가 웃는다.

킬킬킬
누나들이 웃는다.

엄마
첫째 누나 둘째 누나
여자 세 명도 감당하기 힘든데
누나 친구까지
라니!
오, 하나님 맙소사!
짜증이 밀려온다.

왕갈치 장군
— 고려골*

패전을 모르던 우리 수군이
유일하게 패하였다는 엽개 바다*

싸르르 찰싹, 싸르르 찰싹
오늘도 부끄러워 파도가 운다.

견내량* 수로 변 톱 이빨 갈며
왕갈치 떼 지나간다.

푸른 칼날 번쩍이는
정의의 수군들

엽개 바다에 가면
그날의 치욕 잊지 못해
'역모로 몰렸지만 수장되지 않아 다행이야'

모진 목숨 부지해 살던 반 씨들
이를 갈며

칼을 가는 갈치 장군들

말뚝잠 자며 아직도 훈련 중이다.

* 고려골 : 반 씨 성 후손 고려인들의 무덤.
* 엽개 바다 : 거제 칠천도 안에 있는 칠천량해전 때 패한 곳.
* 견내량 : 의종이 배를 타고 건너왔던 전하도목(殿下渡目).

1171년, 페왕성*

둔덕 들판에 섰어요.

바람이 말발굽 소리 내며
따각따각 달려오고 있어요.

폐위된 현*은 바람 발자국 따라
비탈길 언덕을 올라가고 있어요.

"전하, 이제 궁으로 입성할 수 있겠사옵니다!"

계림성 소식에
무너졌던 언덕 달빛으로 환해요.

* 폐왕성 : 둔덕기성(屯德岐城). 경상남도 거제시 둔덕면 거림리 산에 위치한 국가지정문화재. 삼국 시대 처음 쌓은 성으로, 7세기 신라 시대 축조수법을 알려 주는 중요한 유적이다. 고려 시대 보수된 성벽 등은 축성법의 변화를 연구하는 데 학술적으로 중요한 가치를 지녔다. 무신정변 폐위된 의종이 3년간 살았던 성이기도 하다.

* 폐위된 현 : 고려의 제18대 왕 의종. 인종의 장남이다. 1170년 상장군 정중부와 이의방, 이고 등의 휘하 장수들이 보현원에서 일으킨 군사정변으로 폐위당하고, 3년간 거제도의 둔덕기성에 유폐되었다. 1173년, 곤원사 연못가에서 술을 두어 잔 마신 뒤에 총애하던 장수 이의민에 의해 등뼈가 꺾이고, 시체는 그대로 동경의 한 연못에 수장당하는 비참한 죽음을 당하고 말았다. 향년 47세이다.

까였다

기말고사 끝내고
미팅 나갔다.

친구들이랑 암호를 정했다.

파트너 마음에 들면
달달한 캐러멜 마끼아또

파트너 마음에 안 들면
아메리카노 샷 추가

헉!
에스프레소에 샷 추가하는
내 파트너에게
선수를 놓쳤다.

갯씀바귀

모래밭
갯씀바귀 피었다.

노랑노랑
갯바람도
까칠한 파도도
가끔 차분한 성품 되라고

상한 곳 달아 주는
금배지.

짬짜면

짜장면 시키면
짬뽕 먹고 싶고

짬뽕 시키면
짜장면 먹고 싶고

내 마음
어떻게 알고
나왔을까?

그릇 앞에 두고
잠시
경의를 표한다.

학꽁치

학꽁치는
바다가 보낸 은빛 만년필

오늘도 필사 중이다.

전일*

엄마들 사이
자주 등장하는 아이가 있습니다.
그렇다고 얼굴이 예쁜 것도 아닙니다.
가정 형편이 좋은 것도 아닌데

늘
엄마들 모임에
화제로 떠오르는
전일
바로
우리 언니

그런
언니가
오늘 집을 나갔습니다.

이야기는 언니를 밖으로 끌어내고

그동안 언니 성적을 씹던

소리 점점

작

아

지고

* 전일 : '전교 일등'의 줄임말.

캠페인

때리지 마

ㅅ ㅂ × 꺄

학교 폭력 관심 로그인

아픈 마음 로그아웃

바라만 보는

시선도

폭력입니다

주먹 한 방은

마음의 상처

친구 얼굴에 낸 상처

내 마음에 남은 상처

이제 학교도 예방 주사 맞자.

제4부

잔소리하는 책

짝사랑 1

숨 가쁘게
어디든 달려가길
좋아했다.

인턴 선생님
오고부터 시간만 나면
거울 앞으로 달려가는
너

하늘나라 가신 아빠를 확인하는
시간일까?

짝사랑 2

민지야
그렇게 시집만 읽지 말고
내 마음도
좀 읽어 줘.

오래전부터
너를 향한 내 맘 시작되었어.

나에게 시집 와라
말하려다

너, 제정신이니?
화부터 낼 민지 생각에 아찔하다.

공공의 적

벽을 쌓고 토라져 있던 나에게
지연이가 먼저 말을 걸어온다.

어디 그래 봐라.
내가 화 푸나…….

기집애, 미안 미안해.
나, 서진 선배랑 헤어졌어.
알고 보니
선배 언니랑 사귀고 있었어.

나쁜 놈, 우리 혼내 주자!

가을 전어

전어 몸에 기름이 돌고
우리들은 가을을 씹는다.

전어 몸보다
가시가 더 많은 세상
우리가 발라 내야 할 세상의 가시

사람마다 품게 되는 슬픔의 가시
사람마다 품게 되는 행복의 지느러미

누가 발라 줄 수 없다.
누가 달아 줄 수 없다.

시험이야 어찌 되든
내 마음에 가을은 이렇게 시작되고.

여드름 꽃

네가 전학가고 나니
여드름이 올라온다.

꼬옥, 입을 다물고 있던
말들이
노랗게 노랗게
피어난다.

세상이 온통 노랗다.
어떻게 시간을 보낼지 막막하기만 하다.

갯강아지풀 바이러스

애들아, 나 염색했어.

예뻐?
안 예뻐?

방학 시작되자마자
모래밭 교실 풀들
단체로 염색했다.

개학 하루 앞두고
다시 염색하는 번거로움 따위 괘념치 않는
우리는 젊다.

"너희들 정말 이해가 안 돼!"
투덜대는 엄마.

나팔꽃

부릉부릉
담 위를 달리고

다다다
전봇대 위를 달리고

교실과 운동장을 잇는
사다리가 되고 싶다.

숙성되는 시간

장은
뚜껑 덮으면 속이 깊어지고

엄마의 잔소리는
우리 마음이 자라는 속도랑 비례하고

책장을 넘기면 머리만 아파 오고

어지럽고 젖은 내 마음
햇살 잘 드는 창가에 앉아
나를 잠시 널어 본다.

은행나무

은행나무 가지 끝
이파리 하나 떨고 있다.

내 성적표같이
위태한 너,
슬퍼 보인다.

잔소리하는 책

얘들아, 깔고 앉지 마!
라면 먹을 때 깔면 죽어!
꽂아 두지도 마!

마
마
마
오늘도 투덜투덜
잔소리 늘어놓은
책

^^^ % $ @ # % $
책, 괜히 그러는 거지?
너도 나처럼 쏘다니고 싶지?
제발 잔소리 그만해.

생각하는 까마귀

까마귀는 전깃줄을
수평선이라고
생각했다가
남은 줄이라고 생각하다
까닥까닥
꼬리로 바람을 젓고 있다.

다 같이 저으면
어디까지 갈 수 있을지
●●●●●●
꼬리로 마음을 젓는다
꼬리로 줄을 잡는다.

영어 단어 한 줄이라도
외워야 하는데
잡생각이 거미줄을 친다.

기린과 춤을

기린에게 카톡이 왔어.

기말고사 끝나면
장미 축제 같이 가자.

그래 그래.

기린 카톡 받고
우울했던
내 마음 환해져요.

마음이 랄랄라
춤을 춰요.

고사리

쏙
쏙

하늘 향해
내미는
손

봄을
여는 열쇠일 거야.

갑자기
가지고 싶은 마음을 감히 품는다.

제5부

분꽃 수류탄

내 방 지키기

오빠는
호시탐탐 내 방 책들을 노린다.

난
종이에 민감한 오빠로부터
내 교과서랑 학습지를
지키기 위해
자물쇠를 채운다.

거실에 잠시 나와
과일을 먹는 사이

치타보다 빠르게
내 방에 들어가
내일 치를 시험 학습지까지
갈기갈기 찢어 놓는다.

시간을 다시 멈추게 하고 싶다.

화장하기

마음이 울적할 땐
화장을 해요.

오빠가 내 방에 들어와
풀고 있던 수학 문제지를
다 찢어 놓은 날
머리 뚜껑 열리기 직전
화장을 해요.

톡톡톡 뺨에
CC크림을 바르고
메마른 입술에 아쿠아 틴트를 발라요.

한두 번도 아닌데
괜찮아, 괜찮아
오빠는 늘 아프잖아.

내 마음에 수지 향수를 뿌려요.

오빠 아픈 마음에도 톡톡

수분 에센스를 발라 줘요.

날개는 음악을 타고

우리 오빠는
혼자만의 성을 쌓는
병을 앓고 있어요.

혼자
치약을 짜고
종이를 찢고 말고
반찬통 뚜껑 날개를 떼어
디디딕 두드려요.

가만히
귀에 대고 노래 소리를 듣고
연주를 시작해요.

오오오
오늘따라
오빠 입이 목련꽃을 물었는지

향기로 피어나요.

엄마도
아빠도
나도 듣고 싶은데
끼워 주지 않아요.

혼자만 놀아요.

럭비 가족

혜인학교*에 다니는
오빠 일이 늘었다.

학교 가기 전
×× 편의점에 들어가
감자 칩을 들고 튀는 일이다.

지갑을 준비 못 한 엄마는
주인 아저씨에게
미안하다고 저녁에 드리겠다고
사정을 하고

나는 학교 늦겠다
소리치고

우리를 긴장시키는 오빠는 럭비공
우리 가족은 아침마다 럭비 경기를 한다.

* 혜인학교 : 울산에 있는 특수 학교.

소쿠리 가라사대

콩 담으면 콩 소쿠리
고사리 담으면 고사리 소쿠리

너도 무엇을 담을지
곰곰이 생각해 봐.

마른 아귀

살아 있다고 나를
찾고 싶을 때
그때 나는 너를 찾는다.
지금 비록 마른 몸으로
매달려 있지만
네 영혼은 눈부신 햇빛 속으로
헤엄쳐 가리라.
한 점 한 점 떼어져 나간
네 몸의 살점들로
무미건조한 생(生)에 트인 길을 열어 준다면
기꺼이 큰 입으로 웃어 주겠지.
나는 믿는다.
탱탱한 물살 가르며
나가던 기억이 아니라도 좋다.
앙상한 뼈가 보이는 형상에도
나의 지란지교가 되어 준다면
너와 나

매달려 있는 일상에서
끝까지 버틸 수 있으리라.
너를 먹고 나 버티란다.

눈 내리는 밤

창밖에
사락사락
눈은 내리고

교회 종소리 따라
새벽 예배드리러 가는 발자국들
그 위로
사락사락 눈은 더 내리고

눈 내리는 날은
길들도 기도 중이다.

사락사락 ……

내 마음에 쌓이는
너.
너무 힘들다.

돈국수

바닷가 외딴집에 정신이 가물가물해지는 밤실 할머니 혼
자 사셨습니다. 할머니 혼자 밥해 먹고 거울 보고 청소도
하셨습니다. 갯바람이 장독대 위 널어 놓은 멸치 엎어 놓고
가기도 합니다. 만조 때가 되는 밤이면 바닷물도 마당에 놀
다 가는 집. 마을 회관에 며칠째 보이지 않아 찾아갔더니
깊이 잠드셨습니다. 할머니 시집올 때 입던 옷 입고 영원히
잠드셨습니다. 머리맡에는 바가지 안에 국수 가닥처럼 짤
라 놓은 만 원짜리 지폐가 소복이 담겨 있습니다. 저승길
차비 대신 평소 좋아하시던 국수 드시고 가셨나 봅니다. 바
가지 가득 할머니 드시던 국수가 소복이 쌓여 있습니다.

바다에 서서

희망을 꿈꾸던 배들은

하나둘 떠나가고

바다는 외로이 눈물을 삼킨다.

내가 돌아왔을 때

낯익은 얼굴들은

젊음이 사라진 고목이었다.

늘 푸른 등불로 깜박이며

서 있었는데

불협화음으로 노래하는 파도

무슨 슬픔 있기에

저리도 구슬피 부서지는가.

투명한, 유리 같은 세상 꿈꾸는가.

언제 찾게 될지 모를 심연의 바다

황망히 날아가는 갈매기도

귀천회류를 꿈꾸는지

바삐 떠나가고

넌지시 눈빛 주던 등대

성에 낀 유리 너머

이슬 같은 눈망울 맑다.

언제인가 나 또한

맑은 눈으로 세상을 바라보았지.

비워 내고 채워 주는 바다

늘 그 자리에서

한 생애를 마감하고

또 다른 생애를 여는

문지기로 서 있고 싶다.

분꽃 수류탄

뭉크 미술 학원 꽃밭
떨어진 분꽃 씨들

꽃들이 내뱉지 못한
말 수류탄 아닐까.

팡!
터지는 날

내 마음속
고민도 사라지려나.

라온제나*

내 소원은 우리 반 친구들에게
마음의 창문 하나씩 달아 주는 것

* 라온제나 : '즐거운 나'라는 뜻.

사춘기, 그 인내와 숙성의 시간

황수대

1.

청소년기는 인간의 성장 과정에서 가장 많은 변화가 일어나는 때이다. 실제로 인간 발달 이론에 따르면 이 시기에 인간은 육체적으로는 2차 성징이 나타나고, 정신적으로는 자아의식이 높아지는 등 그 어느 때보다 신체적 · 정서적 · 도덕적 · 사회적 발달이 활발하게 이루어진다. 하지만 아직 부모로부터 완전히 독립하지 못하고, 성인으로도 제대로 인정받지 못하는 어중간한 존재인 탓에 곧잘 자기 정체성에 대해 큰 혼란을 겪기도 한다. 그 결과 미래와 현실 사이에서 오는 괴리감과 불안감으로 주변 환경에 잘 적응하지 못하고 반항적인 모습을 보이기도 한다.

이처럼 청소년기는 아동에서 성인으로 성장해 가는 과도기로 미래에 대한 희망과 현실에 대한 불안이 공존하는 시기이다. 따라서 건강한 사회인으로 성장하기 위해선 무엇보다 청소년기를 잘 보내야만 한다. 생식기관의 성숙으로 성적 호기심이 높아지는 만큼 왜곡된 성 의식을 갖지 않도록 유의해야 하고, 논리적 사고의 발달로 자아 의식이 강하게 일어나는 만큼 자신에 대해 부정적인 태도를 지니지 않도록 특히 신경을 쓸 필요가 있다. 그 때문에 청소년을 대상으로 작품을 쓰는 사람이라면 적어도 이러한 청소년기의 특성을 잘 파악하고 있어야 한다.

2.

그런 점에서 김이삭은 청소년 시를 쓰기에 제격인 시인이다. 그 이름에서 알 수 있듯이 그는 독실한 기독교인으로 현재 교회학교에서 중·고등부 부장 교사로 아이들을 섬기고 있다. 그래서인지 그의 시에 등장하는 아이들의 모습은 하나같이 꾸밈이 없고 사실적이다. 또한, 대체로 자의식이 강하고 매사에 무척 긍정적이다. 어떤 어려움이 닥쳐도 쉽게 포기하는 법이 없다. 아마도 이는 기본적으로 그의 시가 아이들과 생활하면서 경험한 내용을 토대로 창작되었을 뿐만 아

니라, 인간의 존엄성을 중시하는 기독교 사상을 그 바탕에
깔고 있기 때문일 것이다.

　　똑같은 구름을 찍어 내고 있다.
　　난 좀비가 되기 싫다.

—「도넛 학교」 전문

　　벚나무 아래 서로 바라보는
　　참새들

　　치릭치릭
　　다가오는
　　　　　　중
　　　　　　　간
　　　　　　　　고
　　　　　　　　　사

　　잠시 접어 두고
　　셀카 부대 속으로 나도 들어간다.

　　찰칵찰칵
　　사진에 담긴
　　박제된 우리들의 시간.

—「봄날은 간다」 부분

그 때문에 김이삭의 시는 누구든지 쉽게 공감할 수 있다. 이들은 모두 학업 스트레스와 관련한 내용을 담고 있는 작품이다. 「도넛 학교」는 전체가 2행으로 이루어진 작품으로, 시집의 첫머리를 장식하고 있다. "똑같은 구름을 찍어 내고 있다."라는 언술에서처럼, 이 작품은 입시를 핑계 삼아 아이들의 개성을 말살하고 획일화를 부추기는 오늘날 우리의 교육 현장을 직설적으로 비판하고 있다. "난 좀비가 되기 싫다."라는 화자의 절규가 몹시 안타깝게 다가오는 작품이다. 이는 「봄날은 간다」도 마찬가지이다. 이 작품은 곧 다가오는 시험 때문에 마음 놓고 꽃구경도 하지 못하는 아이들의 슬픈 처지를 노래하고 있다. 학생들 사이에 '벚꽃의 꽃말은 중간고사'라는 우스갯소리가 있을 정도로 예나 지금이나 여전히 시험의 중압감에 시달리는 아이들. 마지막 연의 "찰칵찰칵/사진에 담긴/박제된 우리들의 시간"은 그와 같은 아이들의 아픔이 고스란히 담겨 있다.

울면은
절대 안 시킬 거야.

'나쁜 놈, 카톡 보내기만 해 봐라.'
백일 기념 선물 받았던 시계
저수지에 버렸다.

그렇게
우리가 함께 나누었던
시간은 잠수해 버리고
이젠
공부만 할 거다.

—「울면」 부분

마음이 울적할 땐
화장을 해요.

오빠가 내 방에 들어와
풀고 있던 수학 문제지를
다 찢어 놓은 날
머리 뚜껑 열리기 직전
화장을 해요.

톡톡톡 뺨에
CC크림을 바르고
메마른 입술에 아쿠아 틴트를 발라요.

한두 번도 아닌데
괜찮아, 괜찮아
오빠는 늘 아프잖아.

—「화장하기」 부분

그 외에도 김이삭의 시에는 이성 문제와 아픈 가족사로 고통을 받는 아이들이 자주 등장한다. 「울면」은 이성 친구와의 이별을 다루고 있다. 이 작품에서 화자는 이성 친구와 절교한 다음 "울면은/절대 안 시킬 거야."라며, "백일 기념 선물 받았던 시계"를 저수지에 던져 버린다. 겉으론 담담한 척하지만 "그렇게/우리가 함께 나누었던/시간은 잠수해 버리고"에서 보는 것처럼, 그 상처가 절대 작지 않음을 짐작할 수 있다. 「화장하기」는 아픈 오빠를 둔 아이의 아픔을 노래하고 있다. "혼자만의 성을 쌓는/병을 앓고"(「날개는 음악을 타고」) 있는 오빠는 수시로 화자의 방에 들어와 "풀고 있는 수학 문제지를/다 찢어" 놓아 화자를 곤경에 빠뜨린다. 그런데도 화자는 "괜찮아, 괜찮아/오빠는 늘 아프잖아."라며, 화장을 통해 애써 자신의 마음을 다독이곤 한다. 따라서 '화장하기'는 화자가 자신의 심리적 불안감을 해소하기 위한 하나의 수단이라고 할 수 있다.

　　이처럼 김이삭의 시에는 입시와 이성, 그리고 가족 문제 등 비교적 익숙한 소재들이 많다. 이는 하루의 절반 이상을 학교에서 보내고, 사회성의 발달에 따라 가족 중심에서 친구 중심으로 대인 관계의 친밀도가 변화하는 청소년기의 특성과 관련이 있다. 즉, 다른 사람들과 관계를 맺는 과정에서 필연적으로 뒤따를 수밖에 없는 자신의 고유성을 자각하게 되면서 불가피하게 마주할 수밖에 없는 문제들이기 때문이다. 그런 점에서 김이삭의 시에 그와 같은 문제가 자주 등장한다는 것은 평소 시인이 청소년들의 삶에 깊은 관심과 애정을 품고 있다는 것을 말해준다.

3.

청소년기는 아동기와 달리 어떤 일을 스스로 결정하고, 그에 따른 책임을 져야 하는 경우가 부쩍 늘어난다. 이전까지만 해도 줄곧 보호를 받던 존재에서 어느덧 독립적인 어른으로 성장할 것을 요구받는다. 이것은 일종의 발달 과업으로 한 단계 더 성장하기 위해서는 반드시 거쳐야 하는 관문이다. 만일 그것을 성공적으로 성취하면 행복감을 안겨주지만, 실패하면 불행감을 느끼게 되어 자아 정체성을 형성하는 데 커다란 영향을 끼치기도 한다. 그런데 문제는 그 과정이 그리 만만하지 않을 뿐만 아니라, 때로는 그러한 환경에 적응하지 못하는 경우가 발생할 수도 있다는 점이다.

운행이 중단된 통학선에 겨울 물메기처럼 누워 있던
우리 학교 일진을 발견한 것은 갈매기 1호 김 선장이

었다.

그도 술에 취해 있었으므로

미처 일진을 발견할 수 없었다.

처음 갈매기 1호 김 선장이 그의 곁에 잠들고

며칠이 지나자 까마귀들의 집단 폐사가

섬마을에 공개되었다.

기자들 한 번 오지 않던 마을은

사이비 종교 집회장처럼 소란스러워졌다.

며칠 동안 섬마을은 봉쇄되었다.

갈대들은 마른 가지를 흔들며 소문을 퍼뜨렸다.

베트남에서 온 엄마가 떠나 그렇게 되었다.

아니 폭력 조직 때문이다.

우리들 호기심과 아픔을 자극하던 헤드라인은

겨울을 버티는 특효약이었다.

그렇게 겨울은 지나가고 있었다.

겨울, 길어야 백 일이었다.

토정비결 보듯 눈 몇 번 보고

매서운 바람 몇 번 맞아야

살맛 나게 말라 가는 물메기처럼

모두들 그렇게 버티고 있었다.

—「사춘기」 전문

사춘기라 하더라도 개개인이 체감하는 정도는 사뭇 다르

다. 이것은 자라온 환경이나 성격 등이 모두 똑같을 수는 없기 때문이다. 「사춘기」에는 서로 다른 부류에 속하는 아이들이 등장한다. 하나는 "운행이 중단된 통학선에 겨울 물메기처럼 누워 있던/우리 학교 일진"이고, 다른 하나는 "매서운 바람 몇 번 맞아야/살맛 나게 말라 가는 물메기처럼/모두 그렇게 버티고" 있는 아이들이다. 둘 다 같은 섬마을에 살면서 혹독한 사춘기를 겪고는 있지만, 이들이 처한 환경은 다르다. 학교 일진의 죽음이 "베트남에서 온 엄마"가 떠났기 때문인지, 아니면 "폭력 조직" 때문인지는 정확하게 알 수 없다. 하지만 그와 같은 특수한 환경이 그의 죽음과 전혀 무관하지 않은 것만은 분명하다. 이런 사실은 아동기에서 성인기로 넘어가는 일이 우리가 생각하는 것만큼 그리 쉬운 일이 아니며, 수많은 고통을 참고 견뎌 내야만 비로소 가능하다는 것을 알게 해 준다.

얘들아,
가 보지 않을래?
바다 건너 어떤 협곡이 있는지.
우린
파도의 마음을 읽어 내는 것이 중요해.
아직
끝나지 않았어.

다시 시작해 보는 거야.

— 「해당화」 전문

이렇게 마냥 좋아하는 것만
골라 먹을 수 없지 않은가.

나를 이겨야
세상을 이길 수 있는 힘
생기지 않을까?

— 「마약 떡볶이」 부분

엄마와 나는
초록빛 나무 그늘 아래서 웃음을 풀었다.
소쿠리 가득 노란 유자를 따던 엄마는
점점 거친 유자 껍질처럼 변해 갔다.

세상에 거칠게 부대껴야만 진정한 향을 가질 수 있다.
바다의 서러운 소금기를 받아야
눈부신 노란빛을 가질 수 있다.

— 「유자나무 풀피리」 부분

그래서일까? 김이삭의 시는 전반적으로 밝고 긍정적인 편
이다. 또한, 그의 시에 등장하는 화자들은 모험적이며, 그

어떤 시련에도 좀처럼 굴복하는 법이 없다. "아직/끝나지 않았어./다시 시작해 보는 거야."(「해당화」), "나를 이겨야/세상을 이기는 힘/생기지 않을까?"(「마약 떡볶이」), "세상에 거칠게 부대껴야만 진정한 향을 가질 수 있다./바다의 서러운 소금기를 받아야/눈부신 노란빛을 가질 수 있다."(「유자나무 풀피리」)에서 보듯이, 다들 하나같이 당당하고 용감하다. 그 때문에 더러 시인이 지나치게 현실을 낙관적으로 바라보고 있는 것이 아닐까 하는 생각이 들기도 한다. 하지만 이는 시인이 아이들의 삶을 잘 몰라서가 아니라 오히려 그 반대이다. 즉, 청소년의 경우 그 어느 때보다 자아 의식이 강하게 일어나는 만큼 될 수 있는 대로 자신에 대해 부정적인 감정을 갖지 않도록 시인이 특별히 신경을 써서 창작에 임하고 있기 때문이다.

4.

실제로 김이삭은 자신이 거주하는 지역의 여러 도서관에서 오랫동안 아이들을 대상으로 다양한 교육 프로그램 운영해 왔다. 또한, 교회학교에서 매주 청소년들을 만나고 있다. 그런 만큼 그는 그 누구보다 아이들이 처한 환경을 잘 이해하고 있을 뿐만 아니라, 아이들의 심리를 읽어 내는 능력이

매우 탁월하다. 여기에 독실한 기독교인으로서 인간의 존엄성에 바탕을 둔 나눔과 배려, 믿음과 사랑의 정신이 온몸에 깊게 배어 있다. 아마도 김이삭의 시가 다른 시인들의 작품과 다르게 유난히 따뜻하고, 정겹고, 미덥게 다가오는 것은 모두 그 때문일 것이다.

> 내 소원은 우리 반 친구들에게
> 마음의 창문 하나씩 달아 주는 것
>
> ──「라온제나」 전문

오른발
왼발

'평생 꽃길만 걷기를'

둘은
사이좋게
집을 나섭니다.

비탈길 흙탕길 눈길 빗길…….

같이 웃고

같이 울고
같이 걸어가겠지요.

— 「꽃신」 전문

　이들 작품은 그와 같은 김이삭 시의 특징을 잘 보여 준다.
두 작품 모두 나눔과 배려의 소중함에 관해 노래하고 있다.
「라온제나」에서 화자는 "내 소원은 우리 반 친구들에게/마음
의 창문을 하나씩 달아 주는 것"이라고 말한다. 남들과 마찬
가지로 자신도 혹독한 청소년기를 건너가고 있으면서도, 타
인의 고통을 헤아릴 줄 아는 화자의 마음 씀씀이가 무척 인
상적으로 다가온다. 「꽃신」은 더불어 살아가는 것이 얼마나
소중한 일인지를 신발에 빗대어 노래한 작품이다. 누구나
'평생 꽃길만 걷기를' 소망하지만, 어느 정도 삶을 살아 본 사
람이라면 누구나 그것이 얼마나 불가능한 일인지 단박에 알
수 있다. 또한, "비탈길 흙탕길 눈길 빗길⋯⋯." 등 수많은 인
생의 고비마다 "같이 웃고/같이 울고/같이 걸어가"는 사람이
단 한 명이라도 있다면, 그것이 얼마나 행복하고 고마운 일
인지를 잘 알 것이다. 오늘날처럼 경쟁이 일상화된 시대라
면 더더욱 말이다.

장은
뚜껑 덮으면 속이 깊어지고

엄마의 잔소리는
우리 마음이 자라는 속도랑 비례하고

책장을 넘기면 머리만 아파 오고

어지럽고 젖은 내 마음
햇살 잘 드는 창가에 앉아
나를 잠시 널어 본다.

— 「숙성되는 시간」 전문

그런 점에서 「숙성되는 시간」은 많은 생각을 하게 만든다. 잘 알다시피 청소년기는 소중한 배움의 시기이자 구체적으로 자신의 미래를 설계하는 시기이다. 따라서 삶의 단계에서 가장 중요한 시기라고 해도 과언이 아니다. 하지만 오늘날 우리의 현실을 보면 너무나도 기대에 못 미치고 있다. 장이 맛있게 숙성되려면 오랜 시간이 필요하듯이, 몸도 마음도 성숙한 어른이 되기 위해선 많은 시간과 노력이 필요하다. 흔들리지 않고 피는 꽃이 없듯이, 고통을 인내하지 않고는 그 어떤 결실도 얻을 수가 없다. 그런데도 어른은 어른대로, 아이는 아이대로 다들 마음만 바쁘다 보니 "어지럽고 젖은 내 마음/햇살 잘 드는 창가에 앉아/나를 잠시 널어" 볼 여유조차 없다. 조금 더 일찍 수확하자고 덜 익은 벼의 모가지를 무작정 잡아당길 수는 없는 노릇이다. 이 작품은 사람이든 벼든 잘 영글려면 충분한 시간이 필요하다는 이치를 새삼 일깨워 주고 있다.

5.

우후지실(雨後地實), 즉, 비 온 뒤에 땅이 굳어진다는 속담이 있다. 이것은 비에 젖은 흙이 마르면서 굳어지듯이 어떤 시련을 겪은 뒤에 더 강해짐을 비유적으로 이르는 말이다. 김이삭의 시를 읽으며 문득 그 속담이 떠오른 것은 결코 우연이 아니다. 앞서 살펴본 것처럼 그의 시에는 고통의 시간과 인내의 시간, 그리고 숙성의 시간으로 이어지는 일련의 흐름이 발견된다. 그런데 바로 그것이 속담에서 비유하는 상황과 절묘하게 맞아떨어지기 때문이다. 이는 그의 시가 청소년 독자를 대상으로 창작된 것임을 고려할 때 상당한 교육적 가치가 있다는 것을 말해준다.

지금, 이 순간에도 그 어디선가 어렵고 힘든 시간을 묵묵히 건너가고 있을 아이의 모습이 떠오른다. "눈치 없이/여드름이 배분 법칙으로 핀"(「수학 꽃이 피었습니다」) 처연한 얼굴로 "앞날의 고민에 갇히어 걱정 블록을"(「마법의 샤프 3」) 쌓으며 "더 푸른 입술로/혹독한 입시를 견디어 내고"(「견디는 시간」) 있는 그 아이. 지금으로선 그 어떤 말도 위로가 되지 않는다는 걸 잘 알기에 이렇게 시 한 편 건네는 것으로 마음을 대신한다. "지금 비록 마른 몸으로/매달려 있지만/네 영혼은 눈부신 햇살 속으로/헤엄쳐 가리라."(「마른 아귀」) 그러니 그대여, 부디 힘을 내시라.

黃修坌 | 문학평론가

마법의 샤프

시간
은
나를기
다려
주지않는다.